KB037876

개가 물어뜯은 시집

조경선 시집

개가 물어뜯은 시집

달아실시선
38

달아실

일러두기

1. 본문에서 하단의 〉는 '단락 공백 기호'로 다음 쪽에서 한 연이 새로 시작한다는 표시임.
2. 보조 용언과 합성 명사의 띄어쓰기 등 본문의 맞춤법은 시인의 의도에 따른 것임.

시인의 말

외딴집 마당에 눈이 내렸다.

지워진 발자국…….

다시 그 위를 걸었다.

2021년 4월

조경선

차례

시인의 말 5

1부. 때로는 얼룩을 살피느라 하늘도 무겁다

각刻 12
못 15
컵 16
솟대 18
개가 물어뜯은 시집 20
칠 일째 칼날 22
붉은 열매 24
상량上樑 25
나무의 블랙홀 26
통증 28
나이테에게 30
풀의 날을 보다 31
종이의 나이 32
겨울 숲 34
해빙기 36
신발의 관계학 38
습濕 40

2부. 살아 있는 슬픔은 살기 위해 침묵을 하고

간격 44

간격 2 46

겨울 이불 47

무명의 돌탑 48

두더지 50

바람의 족적 52

쐐기를 박다 54

속수무책 56

뒷모습 58

방석 60

변죽 61

고립 62

호모에렉투스의 그늘 63

처서로 가는 길 64

비 오는 날의 무의식 66

징 68

3부. 새들은 새벽별로 뜬다

인형공장 X파일 72
추억의 볼펜 74
라디오 에세이 76
바겐세일 77
소나기 78
호명呼名 79
종이 분쇄기 80
짬 81
책 랩버전 82
친애하는 우체부 84
서리는 햇볕과 무슨 이야기를 할까 86
땅콩, 나를 깨무는 일 87
반갑소 88
글피 90
목장갑 92
샐러리맨 — 비누 94

4부. 마른 나뭇가지, 너는 나무로 마지막 꽃이니

미륵 96
대나무 97
간벌 98
부식腐蝕 100
먹 102
씨앗의 재발견 103
이중문 104
톱 105
타일이 깨지는 방향 106
턱 108
아궁이 앞에 모인 풍문 110
오만 앞에 비틀거리는 변명들 112
살얼음 앞에 114
줄자 116
종이의 나이 2 118
휘파람새 울 때면 120
세상에서 가장 긴 시 122

해설 _ 나무의 시 • 장석주 123

1부

때로는 얼룩을 살피느라 하늘도 무겁다

각刻

1

꽃은 피는데 내가 살지 않은 봄이 온다
나는 지상에서 나무 깎는 노인
나무들은 우뚝 나무로만 서서 한 생을 탕진하는데
우듬지만이 까마득하다
둥지 잃은 새들이 잘린 그루터기에 맴돌아도
나무가 나에게 걸어오는 시간 따윈 묻지 않는다
저 깊숙한 울음까지 새길 수 있을까
환지통을 참으며 나무가 말라갈 때
바람이 무딘 손금을 부추긴다

나무가 모르는 방향에서 칼을 고른다
첫 날刀은 표피만 살짝 건드려야 한다
작은 숨소리만 들려도 칼을 뱉어내니
이겨내선 안 된다
무중력 상태까지 나를 놓치며 결을 따라 흘러야 한다
깎아내면 깎아낼수록
이빨을 드러내는 것이 나무의 본색本色
그때 나무가 칼을 선택한다

살을 내주며 나무가 나를 길들인다
모르는 형상形象 안에 칼은 갇히고
끝내 어떤 대답도 듣지 못한다
나무의 얼굴을 꺼내며 없는 봄을 탕진한다

2
잘려진 밑동이 다시 잘려나간다
내력이 둥글게 말리고
날을 삼킨 결이 암호로 풀어진다

또 한 생을 절단내는 순간이 온 것이다
오래된 내 상처가 목장갑 안쪽에서 꿈틀대기 시작한다

관을 주문한 자가 죽어서 관을 기다린다
그가 말한 먼 훗날은 그리 먼 때가 아니었다

먹선을 튕기면 끌은 정교해지고 망치는 거세진다
나무속을 파내는 일이란 불편을 깎아내는 일

그의 체온과 진지한 몸짓을 생각하며 틀을 짠다

막무가내로 박혀 있던 울음소리를 걷어낸다
수십 겹의 울음이 뭉쳐져 있다가 풀어진다
그에게 줄 수 있는 처음이자 마지막인 여백엔
울음 따윈 없어야 한다
겨우 여섯 개의 판자가 생을 요약한다

뚜껑을 만들기 전 숨을 고른다
관을 닫을 때 어둠에 눌리지 않아야 한다
가만히 관에 누워본다
완전한 처음, '내 나무'의 완성을 본다

못

박히겠다고 스스로 말한 적 없지요
기꺼이
내 몸 하나 내주는 일
어르고 달래며
어느 누가
뽑아내도
자국 하나 남기는 일

어머니도 그랬을까요?
점점 더 깊어지고 있으니
끝내 멀리 보내지 못하고
꼿꼿하게 서서
서성이고만 있는 나
또 하나의 못일까요?

컵

옆에 놓여 있는 컵이 하나여서 다행입니다
나도 그 감정이어서 다행입니다
둥글다는 것은 입술을 편하게 하고
일정하게 맞 들여진 곡선의 촉감들은
손끝으로 읽어주고 싶어집니다
뜨거운 차를 수십 번 입에 댔다 떼는 사이
외풍이 옆자리를 떠올리다 스스로 식어지곤 해요
양손을 떠받힌 사기그릇이 처음부터 뜨겁지는 않아요
홀로 급하게 먹어 치우는 점심이 갈증을 불러와도
한 번에 들이키면 기억까지 데이고 말죠
매번 불투명한 속에 얼굴을 채워도
내 얼굴은 투명하게 보이지 않아요
살다보면 컵 속의 가라앉은 자들이 얼굴을 내밀지요
뜨겁고 차갑고 쓰고 달착지근한 입김들이
바닥에 엎드려 눌어붙어 있습니다
이리저리 옮겨 다니다 컵 밑은
이유 없는 생채기로 흔들렸어요
컵하고 발음하고 나면 상처도 저 혼자 아물 것 같아
매일 순한 밤 속에 정갈하게 엎어놓지요

그래서인지 문양이 새겨진 바깥쪽이
자꾸만 청승맞은 빛이 되어 나를 봅니다
컵 하나만 기다려줘서 다행입니다
외로움을 마시지 않습니다 고요를 마십니다

솟대

엄동 때나 설한 때나 나무 아래 바위는 내달리지 않는다
줄기를 잘라내면 그곳의 전언이 나에게 스밀 것이다

불패의 봄을 예감하며 솟대가 되는 이것은 새의 율법
뿌리에 들어가고 싶어도 들어갈 수 없는 새가 나뭇가지 위에 와서 운다

악착같이 밤이 밀려온다 어둠이 끝끝내 나에게 소홀해도 나는 어둠에게 소홀할 수 없다
내가 잠든 사이에도 나무는 자라서 사랑하고 이별하고 흔들리겠지

눈의 무게를 못 이겨 우지직 우지직 가지 꺾이는 소리 유난히 크게 들린다
달아날 수 없어 팔다리를 버린 것이다

통증이 온전히 나무의 몫으로만 남아 시린 바람을 견딘다
뿌리까지 뚝뚝 부러진 그리움이 내 안에 쌓여 앙상한 고사枯死가 된다
〉

봄이 되면 어김없이 죽지 않고 살아남은 벌레가 꿈틀댄다
벌레는 마지막 폐허이자 최초의 태동이다

새를 흉내 내던 내 생각이 먼 곳을 탐할 때
나무를 잘라 새의 형상을 꺼낸다

수만 평의 허공이 모두 새의 집이다
무작정 당신의 방향으로 내 안에 솟대를 놓아준다

개가 물어뜯은 시집

우편으로 배달된 시집을 옆집 개가 물어뜯고 있다
제목은 찢겨져나갔고
누가 보냈는지 알 수 없다
시 제목이 반쯤 남아 땅 위에 너덜거린다

한 끼에 9,000원짜리 독상

침 흘리고 먹다 버린 첫 장 시인의 말이
마당에 흩어져 있다
귀퉁이 구겨진 시인의 얼굴은 웃는다
시집을 먹어치운 개가 맛을 아는지
양지바른 마당에 앉아 꼬리를 흔든다

배불리 먹었을까

씹어 넘기다가 맛있는 부위만 골라 핥았을까
유명한 견이니
겉장만 보고 가려서 맛보았겠지
간신히 찾아낸 이름 한 글자와 제목이

대문 앞에 적멸로 앉아 있었다*

* 장인수 시집 『적멸에 앉다』 인용

칠 일째 칼날

소한의 눈발이 명부전 마당을 보름째 쓸고 있다
첫 날을 집어넣을 때
천년의 숨결을 참는다
나무는 칼날을 밀어내고
온다는 애인은 끝내 오지 않는다
처마 밑을 파고드는 바람에 칼끝이 아리다
옹이는 상처가 아니라
나무의 혈이다
삼각칼이 힘줄을 당긴다
나무가 숨겨놓은 산맥이 일어서고
골짜기마다 경문經文이 넘친다
발목 하나 새기는 데 칠 일이나 걸리다니
중생의 발이 푹푹 꺼진다
양각과 음각을 조율하며 은밀한 곳까지 만지는데
더 많은 업이 필요하다
입을 만들지 못하면 말씀도 없다
애인이 사라진 후
칼은 한 획도 나아가지 못한다
언제쯤 나는 본존本尊으로 돌아갈 것인가

문드러진 젖은 발을 빼내기엔
겨울이 너무나 깊다
여전히 나의 혈관을 떠돌고 있는
날선 칼날을 본다
아, 심장에 박힌 글씨

붉은 열매

어두운 툇마루에 앉아 아버지가 담배를 피운다
형체는 보이지 않고 불빛만 보이다 사라진다
한 마리 반딧불처럼 움직인다
고요가 점점 타들어가는 붉은 열매다
당신이 고집한 외길이 터에 깃든다
버드나무 속에 깜빡이는 반딧불이
마당으로 올라온다
가장 가까운 별자리를 개척하고
적막한 담장엔 늘 귀가 자란다
달빛에 당신의 모습이 나타난다
내가 어둠 속에서 붉은 열매를 찾을 때
불빛은 날아가다 돌아오는 마법을 부린다
누굴 저렇게 기다려본 적 있는지
아득한 땅에서 당신은
또 한 편의 노래를 뽑아낸다

상량上樑

당신이 얹다 만 서까래를 깎네요
투박한 살이 둥그렇게 말립니다
나는 나를 깎고 있는 겁니다
아린 생각들이 야위어져가네요
벗겨진 자리마다 당신은 무늬입니다

모든 서까래가 당신을 등지고 자리를 잡았나요
옹이진 어깨 위에 참담을 얹습니다
처마 끝 행렬들이 정갈한 여백을 품으니
바람이 된 한숨이 앉았다 가도 좋습니다
설칠 때마다
슬그머니 미끄러지는 안부를 가만히 받겠습니다

당신 뜻대로
소리 없는 새 밥을 지어
당신만 아는 자리에 집 한 채 올립니다

기척이 후드득 후드득 떨어지네요

나무의 블랙홀

전동 드릴로 나무 구멍을 내는데
덜 마른 소나무가 안간힘을 쓴다
내 손이 드릴 방향으로 감긴다

설익은 것은 객기를 부리는 법
구멍 하나 내는데 몸부림을 친다

솟대를 만들다 말고 쇄도하는 곳에서 잠시 멈춘다
손이 비틀려 지탱하다가 솟대 머리는 휙 돌아
정강이를 건드린다
빨려 들어간 나는 나무와 놀다 나무에 갇혔다

처음 보는 나무의 진물
당신은 살기 위해 스멀스멀 쓴 물을 삼킨다
소나무 새는 숲으로 가지 못해 소리조차 없다

돌아가라고 있는 기억이 움푹 파일 때
나는 잡는 사람인지 뚫는 사람인지
블랙홀이 부르는 소란에 맥없이 빠져든다

서로에게 갈기갈기 몸을 찢고야 멈춘다
솟대는 세우지 못하고 멍하니 나를 세워본다

통증

나무의 한 생을 메고 산에서 내려오면
어깨 위로 새가 와서 우는 것인데
내 목젖이 자꾸 아리다

발 한 번 잘못 디뎌
울음의 중심이 앞쪽으로 쏠린다
새의 떠나지 못한 무엇이 이렇게 질척거리는가
앞과 뒤가 맞지 않아 수평이 뒤틀린다
익숙한 길에는 경사진 울음이 있다
새가 아득히 나무에서 멀어져
수직의 생각들이 휘청거린다
남겨진 우듬지가 나를 끌어당기고
딱딱하고 묵묵한 날개가
떠나지 못한 채 나이테 위에서 서성인다
나무가 마지막으로 나를 흔드는 시간이다
거친 숨을 내쉴 때마다
나에게 뻗어온 뿌리의 입김이 하얗다
결국 아물지 않는 그루터기가
마지막 증인의 큰 눈동자 되어

휑하니 나를 지켜보고 있는 것인가
기다리는 것이 있어 나무는 밑동 속에 벌레를 키운다

어떤 날은 밤에도 새가 운다
어둠 속에서 우는 것이 가장 낮게 아리다

나이테에게

오지 않는 봄
또 생각해도 계속 외롭다
죽어가는 나무를 베는 일은 뿌리의 방향까지 알지 못한다
껍질이 몸짓을 움켜쥐고 있다
톱날이 들어가도 미동 없는 나무에 대해
나의 독단은 차가워진 숲으로 스며든다
물기 빠진 나무도 깊이 들어가면 유년을 볼 수 있을까
순간 몸을 비틀어도 애초의 물관은 멀어
고목이 나를 끌고 가는 것이다
톱날은 본성을 놓지 않는다
나이와 나이 사이를 지나가는 데 더 많은 길을 찾아야 한다
마지막이 엎질러지면 시작이다
다급해진 나는 나이를 파고든다
네가 죽어야 산다는 벌레들은 악착같이 주변을 떠돈다
덜커덩 쓰러진다
침묵이 바람을 꾸릴 때
껍질을 벗어던진 누운 나무 곱기만 하다
이제야 그가 있던 자리 나이를 알겠다
오래 지켜보았다

풀의 날을 보다

이건 순전히 집단적이다
무럭무럭 개망초
모질게 모질게 질경이
억척억척 환삼덩굴
허리를 감고 올라온 폭염이 훅훅 턱밑을 핥는다
자라는 속도를 감당할 수 없다
풀의 정강이가 싹둑싹둑 잘려나간다
드르륵, 뱀 대가리 하나 허공으로 솟는다
남아 있는 몸뚱이가 다리를 휘감고
소름이 목덜미까지 서늘하게 퍼진다
어미는 태몽에 뱀 꿈을 꿨다는데
내가 당신을 잘라냈습니다
모가지는 어디를 서성이는 걸까요
날은 여전히 인정도 사정도 없이 돈다
돌고 돌아 독초처럼 번졌던 유년의 밑동까지 잘라낸다
비린 풀냄새가 깊은 늪 하나 만든다
폐가가 흥건하다

종이의 나이

함부로 내뱉는 말 다 받아쓰는 문장은 늙어 있다
늘 가까이 있어 온몸이 구겨져도 처음은 나무
접고 또 접고 꼬아도 나무였고 꽃이었고 그 나무의 잎이었다

머릿속을 헤집는 숲을 붙잡아 활활 태워
숲의 나이를 그려본 적이 있다

그곳에서 종이의 나이를 가늠할 수 있을까
후미진 방에 앉은 종이가 낙서로 남아 구부릴 수조차 없을 때
당신의 무게중심은 지워지는 쪽으로 기운다
접혀진 페이지에서 날 것이 기어 나와 맹세가 떠돌던 속 상처들
다시 써지는 고백은 얼마나 위험한 일인가
종이의 나이는 페이지를 넘길수록
얼룩져 있는 두께가 낱장으로 뜯겨나간다
넘겨야 하는 낱장이 더럽혀져 마지막이 와도 오래도록 추위를 뚫고 자란

나이테는 표정이 그대로다

종이의 여백은 나이를 모른다
보이지 않는 나이가 종이에 배여 있다

겨울 숲

눈길 위에 찍힌 동물 발자국을 따라간다
작은 나무와 큰 나무는 들어오는 빛이 성이 차지 않는지
방금 지나간 맞바람에 파르르 몸을 떤다
그럴수록 확실해지는 큰 나무의 공터
밤새 마당을 다녀간 발자국이 모여 있다
산 중턱 내 발자국과 동물 발자국이 엉켜서 주춤할 때
고라니가 껑충껑충 도망간다
흠칫 놀라 뒷걸음치다 내가 베어놓은 나무 밑동이
나를 내동댕이친다
숲의 그루터기는 매년 그 공간을 봐왔을
능선의 소리를 용서하는 것일까
대답 대신 들려오는 주변의 나무가 성큼 자라 있다
내 나이를 알려면 옆에 있는 나무를 보면 안다
눈을 맞추던 나무 끝이 한층 높아진다
칼바람에 겨울 숲이 마지막으로 비워낸 자리
낙엽 위에 낙엽이 쌓이고
내가 보지 못한 동물의 새끼들은 어미로 자랐는지
그 어미는 새끼에게 두꺼워진 울음을 일러주지 않는다
서성대는 자국들이 각자 소리로 되돌아가는데

서리 붙은 나뭇가지가 자꾸 묻는다
손끝이 아리냐고

해빙기

집 안에
뜻밖의 혓바닥이 걸려 있다

세탁기에서 막나온 셔츠와 바지 호주머니가
바깥으로 튀어나와 있다
매번 그렇다

온몸을 돌려 '살다'를 문지른다
그 속에서 무슨 일이 벌어진 거야
그래서 미안했다
혀를 차는 나의 혀는 짧아져
혀를 다시 넣지 않는다

늦은 밤 건조대에 걸린 지친 혀를 본다
힘없이 구부러질 때
나에게 미안했다

낮이 뒤틀려 밤에 돌린 세탁기가 엉킨 걸까
아니면 벗어놓은 허물이 흰 뼈가 된 걸까

얼어붙은 목소리가 해빙되어 봄을 뒤진다

한바탕 죽음을 맛본 살아남은 혀들
피땀 섞인 땟국의 바닥은 흙탕물이 된 채
구멍으로 빨려 들어간다

차가운 혀가 나의 손을 초대한다
텅 빈 주머니 속
옷에 담긴 슬픔이 마를 때까지

신발의 관계학

무거운 날
가벼운 날
제멋대로인 나를 들고 서 있다

처음 만나 서로에게 예민했던 구석구석
온종일 내가 풀밭을 걸어도
그냥 그쪽으로 풀물이 들고 마는
매일 둘이면서 하나인 혼연일체

내 둘레가 절름거려 아무데나 소문을 퍼뜨리고
우리는 똑같은데
내게 와서 너를 잊고 산 거리의 관계

때로는 땅과 땅 사이 오지를 헤아리며
다시 동여매고 돌아가는 길
막다른 골짜기에서 내가 접힐 때
제일 먼저 네가 접히고
그렇게 멍이 들어
헝클어진 발자국 끌 때마다

네 몸 기울여주는 나의 최측근

맨바닥에 두고 온 기억 하염없이 풀어준다
깊은 밤을 벗으며

습濕

1

아내가 돌아오고 비만 나린다
모든 게 건조하다
나갈 때 손보다 들어올 때 손이 더 낯설다
실루엣은 나오지 않고
그림자가 며칠 째 칩거 중이다

퉁퉁 불은 여닫이문과 문틀이
신경질적으로 달라붙는다
어디서부터 함부로 뒤틀렸나
힘껏 잡아당길 때
손끝에서 시작된 떨림이
파르르 등 끝까지 치민다

그래, 뼛속까지 닫았구나
문이 나를 꽉 물고 놓지 않는다

아내와 나는 여는 사람인가 닫는 사람인가
문은 끝내 열리지 않고
계절과 계절 사이 끼워둔 경첩이 먼 기척으로 남는다

2

때를 놓치고 물밥을 먹는다
대문 밖 빗소리가 낯설다
구름이 쏟아낸 전말이
물기를 먹은 풀들과 함께 쓰러진다
저것은 불편한 고별사
목이 메지 않는 건
비의 소관에서 이미 벗어났기 때문

어제 뱉은 말이 자꾸 집착으로 다가오는데
촘촘한 빗줄기 속 빠져나갈 틈은 없다
마지막이 항상 처음이라 믿는다
저 발칙한 꼬리
살쾡이가 비린내 나는 내 처음을 물고 간다

당신이 돌보지 않는 눅눅한 밤을 지나
당신이 돌아보지 않는 새벽을 지나
당신에게 발각되고 싶은 아침이 있다
부재를 견디며 익사 중이다
지금 난, 만수위다

2부

살아 있는 슬픔은 살기 위해 침묵을 하고

간격

너와 난 매번 너무 빠르고 너무 느리다

오랜만에 배드민턴 게임을 하면서 서브처럼 안부를 보낸다

탁탁 절묘한 소리에 끌린다

긴 팔을 휘두르며 서로 다른 섬광이 땅에 닿는 것을 본다

공은 깃털을 아무 조건 없이 잔뜩 묻히고 때릴수록 가벼워지는데

네가 나에게 건넨 새는 웃다가 울다가 저쪽으로 날아간다

이대로가 좋은데, 이대로가 아닌데

그래서일까 소문은 예상했던 공간으로 뛰어들기 일쑤다

라인 밖에서 헛손질은 계속되고
〉

우리는 라인 안에서 근친을 확인하다 상대편이 되고 만다

간격이 좁혀졌다 멀어지는 동안

너와 나는 허虛 공을 눈앞에 두고 새를 잃어버린다

한계를 인정하듯 동시에 수건을 던지며 돌아서고

간격 2

그게 그렇습니다 상처만 굵어집니다
상처를 바람이라고 부르면 더욱 선명해지지요
뒤죽박죽 방향을 바꾸는 번개 맞은 자두나무처럼
당신을 향한 옹이만 깊어집니다
환절기엔 눈부신 구름의 시작과 끝도 묘연하지요
날마다 물컹한 다짐을 자두나무에 매답니다
사라지지 않는 발자국을 쫓아가지만
나의 넘어짐에 내가 놀라고
무사히 지나가는 연애를 의심하지 않았어요
나를 나라고 부르면 더더욱 희미해질까요
거추장스러움이 될 때까지
당신에게 가다 말고, 또 가다 말고
당신이 살지 않는 저녁을 그려봅니다

술시戌時엔 개밥바라기별이 떠오릅니다
당신 있는 은하수에선 내가
바라기별이라도 될 수 있을까요
시디신 자두를 씹으며 노을을 삼킵니다

겨울 이불

토방 게으름은 따뜻할 때 다가온다
손부터 먼저 들어온다
수많은 아픔이 일어나는 동안
엎드려 있는 너는 장롱을 잊었다
나를 이리 끌고 저리 끌다 네 속에 파묻는다
붉은 혀를 받아내는 겹의 박음질이 풀린다
매일 똑같은 방향으로 깔리는 사각의 담장
연결된 무늬들이 비비꼬인 내 허리를 녹인다
직립은 멀어 고요한 기슭에서
나도 너처럼 누구를 기다려본 적 있는가
그 안에 고이는 알갱이들이 살갗에 닿을 때
나는 너를 놓지 않고 너는 아무도 미워하지 않는다
저녁을 펴고 아침을 접는 오래된 관계는
나를 일으키는 밤이다
문틈으로 세찬 바람이 들어온다
너는 한 번쯤 어둠 속의 별을 휘젓고 싶겠다
문득 이불! 이불! 하고 불러본다
내 입술이 입김만큼 쑤욱 자란다

무명의 돌탑

어제와 같은데 나는 나이를 먹는다
아침이 게을러지는 건 서리가 가시지 않은 이유라 해두자
발끝에 아삭함이 밟힌다 살아 있다는 소리가 비탈에 고인다
홀로 걸을 때마다 금광호수는 물이 줄어들고
서울로 올라간 시인의 집은 우편물이 쌓인다
물빛에 비친 건물이 흔들려 살얼음 앞에서 추락한다
호숫가 모퉁이에
무명의 돌탑 하나 위로 높아져 무덤처럼 보인다
돌도 나이를 먹으며
끝이 있다는 것이 참 좋다는 어려운 말씀을 하신다
늙어가는 것은 나이를 거꾸로 먹어가는 것인지
새로운 다짐이 돌무덤에 올려진다
웅크리고 돌을 골라내던 골짜기의 밭
무릎에 묻힌 얼굴은 쓸쓸한 서리꽃의 마침표다
돌아오는 길 내내 머릿속에서 좀처럼 펴지질 않는다
돌연 가창오리가
새로 깔린 아스팔트길을 역주행할 때
돌탑은 비석 없는 척박한 이름으로 겨울 호수에 내려앉

는다

  잘려나간 미루나무 그늘을 기억하는 돌탑

두더지

두더지를 잡으려면 두더지처럼 살아야 해요
은둔隱遁을 즐겨야 해요

얼굴을 나타내지 않고
뒤돌아보는 일은 없어야 합니다
명랑하게 눈을 퇴화시켜야 해요

몸을 감추고 앞만 보고 가요
앞발이 점점 커져도 모른 척해요

누군가 뒤를 밟아오면 하나의 독방을 만들어야 합니다

어둠은 나에게 오직 하나의 방향
외줄기 혈穴이 깊고 빠르게 달려가요

나를 기억하던 입이 단단해질수록
죽음을 감지한 몸이 축축해져요

태양에 대한 추종을 신나게 멈춰야 해요

마지막엔 도망자가 아닌 캄캄한 소문이 되어

바람의 족적

물렁한 땅에 발자국을 찍는다
올 때와 갈 때가 다른 표정이다
버드나무 숲 오른쪽 모퉁이에
늘 한 방향으로 나를 표시하면
나무는 꼬리를 세우고
달빛을 헤치고 온 어미 늑대가
곳곳에 처연한 냄새를 흩어놓는다
그럴 때 행방이 지천이다
허기에 지친 울음이
쩌렁 쩌렁 들판을 휩쓸고 지나가
스스로 그어놓은 담장을 넘어
심연에 핀 열꽃을 따먹는다
야생의 탈을 벗을 때인가
떠나고 떠나서 더 이상 내보낼 입김 하나 없을 때
자유롭게 나가고 들어오는 종족들이 보인다
별빛을 해찰하며 외딴 골로 숨어들어
부름도 대답도 없이 소멸로 남는다
먼 기척처럼 물렁한 땅이 다져지면 그곳이 나의 무덤이다
떠돌던 내 발바닥에 핏기가 사라지고

화석처럼 숨이 말라서 흔적마저 희미해지면
당신은 환영처럼 다시 주술을 외울 거다
나는 사라진 게 아니다
침묵할 뿐이다

쐐기를 박다

쐐기를 박는다
쐐기는 수평도 수직도 초월한 자리
산문도 자유도 초월한 자리
쐐기는 흔들리지 않는다
이별이 깊숙할 때 수직이 흔들리고
아픔이 사라질 때 수평이 가벼워진다
떠난 다음 날부터 틈이 생긴다
넓어져 간격이 되기 전에 쐐기를 만들어야 한다
돌아선 자의 변명을 도려낼 것인가
바라보는 자의 미련을 파낼 것인가
이별의 살갗을 벗겨낸다
당신이 남긴 여백을 두드린다
가장 뜨거웠던 순간과
가장 차가웠던 순간이 만나 어색해진 자리
그곳에 적당한 점을 찍는다
두드릴 때에는 힘 조절이 중요하다
너무 세면 애愛가 뭉그러지고
약하면 증憎이 멈추지 않는다
〉

증오가 사라진 자리,
이별의 완성이다

속수무책

바닥이 며칠째 보이지 않는다

떠도는 하늘 아래 반쯤 꺾인 억새들이 건조한 몸을 추스르며 저녁의 덧니로 선다

출구를 찾지 못한 뻿뻿한 눈이 눈부신 무덤을 본다

이대로 얼마나 더 낯선 겨울을 버틸 수 있을까

새겨야 할 경전 첫 줄 앞에서 칼은 멈춘 채 움직이지 않는다

말로는 설명할 수 없는 글씨의 행보가 단단하게 뭉쳐진 멈춤을 끌고 가도

깊은 울음을 간직한 내막은 쉽게 마르지 않으니

끝내 모든 것이 건조해진다는 걸 확신해야 한다
〉

햇살이 짧아지는 것도 모르고 여기까지 야위어졌다

구석에 속수무책을 쌓아두고 폭설을 애써 모른 척한다

그늘이 천천히 녹을 땐 얼어버린 글자를 물고 겨울새가 날아간다

뒷모습

누가 나를 자꾸 지켜봐요
그대가 떠오르는 것은 말의 여진뿐
절절한 기도는 앞만 생각해요
손에 쥐어진 대부분의 말은 한바탕 소란 뒤
달뜬 목소리로 나타나는 눈물주머니,
신기루의 소음들
나는 생방송이 없지만 언제든지 안녕하세요를 들어요

주말에 봄비가 내려요
월요일은 두꺼운 옷을 벗어던지고
내가 정말 알아야 할 문장은 때문에라는 문자로
가로막혀 있어요
나를 가르치는 습관은 튜닝을 몰라
삼거리를 만나면 정신이 혼미해져요
나의 발자국은 금지구역이 필요해요
조금만 더우면 양말을 벗어던져
술 먹는 날은 본능에 충실해요

누가 나를 자꾸 훔쳐봐요

유년으로 돌아가요
연애 따윈 접는다는 말 새빨간 거짓말
나를 돌아보는 일은 없을 거예요
나는 그게 문제야
지금이 좋아요 저렇게 목련꽃 터지는 날

방석

나만큼 누굴 기다려본 적 있는가
바닥을 붙들고 있거나 의자를 잡고 있거나
내게 다가온 중량은 나의 일과다
나의 감정은 얼굴이 변하거나
새로운 보행을 신경 쓰지 않는다
낯선 두근거림이 다가와도
겨우 믿는 것은 바닥뿐
기약 없는 곁눈질은 일종의 구호로 온다
어떤 이는 발로 나를 끌어당기지만
성별은 궁금하지 않다
따뜻한 사람이 자리를 떠나면
내 스스로 따뜻해진다
이곳은 우리들의 한 목소리
가끔은 벌거벗은 속말이 나에게 묻어온다
묻어온 배고픔이 얼룩이 되어 물러서면
만나지 않아도 될 소문이
당신을 찾아가
나를 반쯤 뒤틀어놓는다

변죽

가장자리는 깨지기 쉽다
그래서 변죽은 쓰라리다
아픔은 왜 한 곳으로 몰려드는가
광장이나 중심에 서지 못하는 나의 쓸모는
외곽을 동경하다 흩어지듯 굳어간다
질긴 생각이 멈추지 않아
가난은 입을 열지 않는다
물기가 덜 빠진 판재들이
나를 읽어내듯 붉은 몸으로 밀려난다
스며든 상처가 두려워 객지로 떠나고
잊기로 한 월요일은 휘어져도 태연하다
누구나 공평한 아침에 나는 나무의 변죽을 다듬는다
속을 덮어주는 변죽의 농도는 천대받거나
종종 배신당한 빛깔들은 혓바늘이 돋는다
그때마다 나무 안에 들어가
거칠음을 깎아내고 어둠을 문질러
단 하나의 얼굴을 위해 팔을 내어준다
부스러진 나이테가 바람을 탄다
나는 나대로 흩어진다

고립

정적이 나를 들볶는다

완전한 단어를 만들어내지 못해

꼬리를 문 혼잣말이 찬바람에 섞여

눈발 위를 걷는다

섣불리 떠난 것들을 끄집어냈구나

폭설은 가깝고 그믐은 멀다

왼쪽 발목이 욱신거리면

누군가의 말이 걸어오는 거라고 했던 당신

되씹을수록 더욱 멀어지는

떠도는 말들이 몽상들로 뭉쳐진다

얼어붙은 상처를 씻어내기에 나는 너무 약한 풍경이다

호모에렉투스의 그늘

아무렇게나 치욕을 벗어던진다
내가 나에게 먼저 등을 내민다
예의라곤 없는 막돼먹은 발목이
잘라내지 못한 무릎 아래를 떠돌고 있다, 여전히
수백 번 접혔다 펴지는 뒤축
들켜버린 지 오래인 물음으로
불편한 얼굴들이 산책로에서 우글거린다
지구를 최초로 신뢰하던 신발은 어디로 갔나
가장 확실한 소유는 160밀리미터가 갖는 어둠인데
자신으로부터 멀어지는 불온한 어른이 되어
나는 발목의 반경을 자꾸 줄이고 있다
오늘은 치욕에게 미안하다
한 번 더 뛰거나 주저앉는다 해도
또다시 직립의 힘으로 저 혼자 서성인다 해도
난 처음이 될 수 없다

인간이 날 수 없다는 걸 넘어질 때 깨달았어야 했다
걸음마가 훔치려던 나비로부터 나는 자꾸 멀어진다

처서로 가는 길

우듬지가 흔들려
휘어졌다 다시 돌아오는 건 여름의 지독한 노출이다
녹음이 그어놓아 하늘과 맞닿은 지평선
그 선은 누굴 붙잡지 않는다
하늘 밑에 올라온 푸른 수염은
당신의 줄무늬다

큰 나무 위에 새가 검은 점 하나 올려놓을 때
나는 내 앞에서 더 뚜렷해진다
무지개를 불러내는 보이지 않는 바닥
밀봉된 뿌리의 이야기가 어디서 왔는지 알 수 있을까
늦더위를 단단히 물던 나는 넝쿨을 먹어치운다
이 고상한 절기
절벽이 자라나 숲이 숲을 모른다
형과 다녔던 이 길은 발자국이 묻혀 있다
어디선가 들리는 비명 뿌리를 감춘 채 한 발자국씩 서늘해진다

죽은 잎이 흙을 더듬고 햇볕을 놓친 거미가

아직 길을 막는다
빗장에 물린 걸음이 소나기를 맞아
두고 가려는 들꽃이 자꾸만 무거워진다

비 오는 날의 무의식

혼자 밥을 먹는데 흔들리지 않는 비
냉장고에 넣어둔 그릇들이 습관 옆에서 번져간다
그릇 속 나의 감정을 골라
빼먹는 의식이 되풀이되고 멀리서 들려오는 천둥소리가
돌보지 않는 골목을 크르릉 돌아 나간다
시큼하고 붉은 날이 내려앉는다
입에서 돋는 관념어들이 과거를 들춰내면
문지방에 걸터앉은 정강이 사이로 진부하게 빗물이 튄다

가끔 나타나는 고양이도 사라졌다
떠나는 것은 벽과 벽을 삼키고
아무 생각 없이 서쪽으로 기운 눈을 자른다
지붕 아래 낙수가 끝날 때까지 추녀는 아무렇지 않은 듯
빗물을 쏟아낸다
반지하,
골목이 곧 어두워질 냄새를 마신다
누군가의 발자국에 안개는 넘어지고
손가락에 잡히는 불통의 찌꺼기가 비의 외침으로 남는다
〉

지붕이 어둠을 키운다
우두커니 서 있는 내 심장처럼 낯익은 것을 굳힌다
캄캄한 반항은 맨발의 오른쪽만 고집할 때
한 개비 담배가 헐거워져
낯을 씻어낸 왼쪽이 침묵을 게워낸다

나의 본능은 무의식을 길어 올린다
처음부터 비는 흔들리지 않았다

징

멍석을 만드는 아버지 손은
언제나 점에서 시작합니다
점은 빙빙 돌아
지푸라기로 풀려나갑니다

물 한 모금 입에 물어
볏짚에 확, 뿜으면
볏짚은 스스로 숨을 죽이고
외길 마디마디
멍석의 눈이 됩니다

한평생
양손 비벼 날실 새끼줄 꼬면
손에 땀이 말라 손가락 지문이 닳고
멍석의 씨실 바퀴는 여덟팔자로
칠십 줄이 새겨집니다

오늘 밤 아버지의
멍석 위에 누워봅니다

닳아버린 지문이 울먹울먹 여울지며
내 가슴을 휘감아 돕니다

3부

새들은 새벽별로 뛴다

인형공장 X파일

인형은 왜 배가 불렀을까요 섹스도 안 했는데
잔업은 꼭 야간에 해야 하나요
눈꺼풀이 자꾸 흘러내려요
난 앉아서 인형을 안고만 있었는데
왜 아침은 서서 기다리고 있는 걸까요

눈동자를 붙인 손은 목표 달성을 했을까요
꾸역꾸역 옆구리를 채우는 동안
인형과 사람 사이가 가까워진다고 믿는 건
인형의 착각일까요
아니면 나의 착시일까요

우리는 헐거운 무게를 견디지 못해
어색한 표정을 단단하게 붙잡고 있어요
허전한 손바닥을 내밀어요
서로가 눈치채지 못하는 균열을 느낄 땐
붐비는 눈동자를 혈관 속에 집어넣어요

인형을 선물 받을 땐 말 걸지 마세요

안락한 슬픔을 몰래 감추고 있는 걸 아무도 몰라요

추억의 볼펜

밤하늘을 보면
유년을 넘기는 이빨자국 선명하다
정육면체 근간에 박힌
영문 모를 숫자를 찾다가
나도 모르게 손가락이 길어진다

벗이라는 예명을 갖고
손등을 빙빙 돌다 페이지를 넘긴다
몸속의 물렁뼈는 깊이를 알 수 없어
스스로 고독의 냄새를 풍긴다
한 번쯤 튀어나가 싱싱한 날들로 돌아온 용수철
몇 시간을 눌렸다 펴지면서 낯익은 소리를 부르고
똑딱 똑딱 문명의 속이 궁금해진다
암나사 수나사 제멋대로 즐겁다
바퀴 삼은 구슬은 나이 들수록 할 말을 뱉어내니
다시 쓸쓸함에 젖는다

쓰면 쓸수록 한 자루 펜이 졸필의 물음을 잊은 채
회초리 같기도 하고

목숨 같기도 하고
옹이 같기도 한

라디오 에세이

해가 잠든 사이 손들의 간섭은
머리에 뿔을 달고 찌지직 아날로그를 이어간다
누군가 깨어주면 혼자 놀기를 할 수 있다
내 손을 잡아달라 물어오지 않아도
아무도 없는 여기는 내 공간
소리의 행방을 움켜쥔 수식어가 문틈 사이로
여름밤을 고백하고 자학한다
구석에서 또는 난간에서 법대로 살다가
당신이 부르면
당신에게 길들어가듯
나의 주파수는 더 깊은 오지를 찾아간다
들리세요
목청은 젊었기에 지금 우울하고
나는 거실 벽을 타고 오른다
당신이 모르는 동이 터 이 세상 다시 올 것처럼
철마다 끄집어내는 새소리가 두 발로 뛰어온다

바겐세일

딸에게 문서 작성을 하러 간다
시 한 편 작성하는 데
만 원을 요구한다
완전 폭리다
급할 땐 종종 이용한다

컴퓨터 자판을 두드리는 것이
조금 익숙해져간다
내 옆으로 다가온 딸이 하는 말
오천 원에 시 한 편 올려줄게요

오늘부터 특별 바겐세일을 시작하고 있다
시가 세상에 나오자마자
바겐세일을 한다

토요일이 되면 나는
시를 팔러 딸에게 간다

소나기

개구리가 황색선으로 뛰어든다
옐로카드다 목마른 폭우다
뻐꾸기 소리 축축해지고
도로를 휘감은 칡 줄기가 빗줄기마냥 굵다
자동차 바퀴를 붙잡는다
넝쿨이 엉켜 오르막이 예민하다
낙석조심이란 푯말이 빗길조심으로 읽힐 때
나는 황색선에 박혀 있는 표지병을 처벅처벅 긁는다
물줄기를 튕기며 뛰어드는 생물들
빗줄기 지나가는 곳은
목을 적셔도 여전히 목말라한다
일을 하다 말고 나는 나쁜 날씨에 로또복권을 산다
눅눅한 속이 한동안 뜨거워진다
레드카드다 허당이다
함부로 부르지 못하는 구름의 씨앗들이 모퉁이를 돈다
거룩한 피울음이다
큰 발자국 소리를 내고 물비린내를 몰고 간다
내 몸에 진한 연두물이 번진다

호명呼名

전단지 같은 삶이라 쓰겠다
우편함을 비집고 나온 덤이라 쓰겠다
내 노래는 언제쯤 신장개업을 할 것인가
차리는 족족 폐업이다
뜯기지 않고 오늘의 전단지로 남아야 한다
한숨뿐인 가계家系,
한 계절도 못 버티는 연대
순서만이 힘이다
선착순, 몇 번이고 틈을 노려야 한다
나에게 하루를 묻지 마라
선택은 신이 아니라 십장什長이 한다
일용할 일당만이 밥이다
목공 타일공 미장공 도배공 철근공…… 잡부
아무에게나 발각돼야 한다
기능공도 잡부도 못 되는 나는
불광동 김씨, 어이, 거기로 호명된다
그을린 드럼통과 속도를 잃은 사내들이
잔해처럼 서성인다
전단지 같은 삶이라 쓰겠다
축 처진 그림자를 덤으로 읽겠다

종이 분쇄기

농협 창구 옆 종이 분쇄기가 한가하게 서 있다
버려야 할 기록들은 순번이 필요 없다
납작한 입을 벌리고 투박한 손을 기다리고 있다
대부분 허탕으로 쌓이는 비밀 창구
잔액 부족을 알리는 명세표 기록을 잡아 삼킨다
농부의 갈라진 살갗처럼 바스락 소리를 내며
손끝으로 화답이 온다
반쯤 물고 있는 영수증은 올해의 빚으로 멈춰
이미 들어간 것은 부서진 종이꽃이 된다
가끔 소똥 냄새 딸려 들어가고
구멍 난 목장갑 실오라기 풀려 파르르 떨고 있다
겨울 한가운데 손길은 느슨한데 분쇄할 것은 늘어난다
고개를 저은 한숨이 매섭게 흡입되어
겨울 농부의 반복된 서성거림은
시작버튼과 정지버튼이 대신하고 있었다

짬

서해대교 위를 달리다보면
짬이라는 이름을 가진 호텔이 보인다
잠시 들르라는 짬
위험을 무릅쓰고 바다를 건너간다
시계를 보니
오후 세 시 삼십오 분이다

책 랩버전

넌 미쳤어
삼십 년이 지나도록 쫓아다녀
넌 독이야 처음엔 몰랐어
2+2=4, 3×3=9
이때부터 시작이야

옛날부터 싫었어
걱정만 쌓이고 가만 놔두질 않았어
꼬박꼬박 허풍쟁이로 키웠지
나는 당장 상추씨 파종 시기가 궁금해
배운 대로 딸에게 하고 있어
책 안 읽으면 거지된다
지겨운 철학이야 비틀거리는 우울증이야

안 가르쳐주더라

어디서 왔는지 갈 곳이 어딘지
K문고에 들렀어
성공으로 가득 차 있었지

또 속았어
팔리지 않는 책이 반값세일로
LED등 밑에 고개를 내밀고 있어
서늘한 힘줄만 커지고 말았지

책 한 권 사지 못했어
물구나무만 서다가 쫓겨났어
일요일에 다시 와야지
난 미쳤어

친애하는 우체부

그 사람은
대문 옆 기둥에 내 이름을 써 넣었다
처음 오는 사람처럼 생각나면 적는다
겉봉투에는 붉은 글씨로 삼흥리 끝 흙집이라고 적혀 있다
그 사람에게는 문패가 필요 없다
둔덕길을 달리는 바퀴에 저녁이 밟힌다
내가 없으면 빈 장독 속에 넣어놔요 해도
우편물을 툇마루에 던져놓고 가는 한길로 살아온 사람
만날 적마다 툭툭 내뱉는 말
아저씨 혼자 사세요 심심하시겠어요
뭐 하시는 분이세요
3년째 물어보는 사람
그는 아랫동네 밑바닥 세상까지 한 보따리 펼쳐
나와 연애를 한다
수백 개의 추억들은 묻혀가고 고지서만 즐비한데
변심한 애인처럼 나를 기억 못 하는 사람
마을에서 맨 꼭대기 끝집이라 어깨가 가볍다고
기분 좋아하는 사람
나를 아는 사람 중에 이름을 새겨놓고 전력 질주하는

유일한 사람

단 한 권의 책을 매달고 올라오는 그는
내가 저지른 고독과 축제들을 내려놓고
도장을 찍으라 한다

서리는 햇볕과 무슨 이야기를 할까

서리는 햇볕과 무슨 이야기를 할까

공평하게 떠도는 계절이 있다 내 어깨엔 죽은 나무토막이 올려져 발끝엔 서리가 끌린다 마른가지를 헤치고 들어오는 빛들이 찬란하다 번갈아가며 위아래를 보는 나는 앞으로 나가지 못한다

나무의자에 앉은 서리는 가장자리부터 태양이 필요하다 빛을 만나 물이 되는 순간 밤의 앙금은 두렵지 않다

서리는 모서리를 지우고 태양을 닮아간다 빛 때문에 사라져도 빛이 있어 반짝인다 저기 새파란 추위가 새를 불러 죽어가는 나무를 두들겨 먹이를 찾는다 그 소리에 나는 박자를 맞추고 있다

나무의 그림자는 꼭 그만큼의 서리를 남기고 떠나지 않는 흙은 멀리서 오는 태양을 쉽게 받아들이지 않는다 낙엽 밑에 낙엽은 뿌리가 잠겨 있고 발밑에 발은 비밀이 없어야 한다 서리는 밤새 돋아난 생살, 처마 밑 그늘과 양지바른 경계에서 무수히 많은 죄들을 태우는 일이다 서리는 아침의 기슭에서 태양의 소유권을 누리고 있다

땅콩, 나를 깨무는 일

한 집에 두 식구 단출하다
홀로 지은 집이나
간혹 빈집도 있지
여러 집이 모여 있을 때
어둠에서 이만큼 단단해졌어
온통 캄캄했어도
모난 데 없이 살았지
집은 튼튼해 두 겹이잖아
그렇다고 한 손으로 비벼대면 나를 놓치고 말아
나를 아는 사람은
마지막 껍질의 의미를 알지
간신히 잡아도 반은 달아나버리지
엉클어진 껍질 사이에서
두 개를 한꺼번에 깨무는 일은
나를 일으켜 세우지
입을 크게 벌리는 행운은 범하지 마

반갑소

간판을 등에 태우고
안성 시내에 우리 소가 걸려 있다
반. 값. 소. 라니
당신도 반값이더니

세일하는 소를 뒤로하고 도시로 왔다
우리 집 소는 나 때문에 끌려갔으니까
줄어드는 들녘은
어디까지 공소시효일지
똥냄새
똥냄새
부르지 않아도 다가오는 반 값 소

동네에서 제일 젊은 이장은
반 값 소 대신
이름 모를 개가 두 마리

어렵게 키워 쉽게 죽으니
맨발로 소와 헤어졌던 아버지
〉

버스가 멈춰 있던 그곳에
고깃집 반갑소가
반. 값. 소. 로 잘못 읽혀진 채 걸려 있다

푸짐하게 차려낸 한 걸음 한 걸음
반값은 어디로 가고

네온사인 깜빡깜빡
반 갑 소 그 립 소 우리 소

글피

그저께가 월요일이면 글피는 토요일이다
얼마나 좋으냐 반공일半空日
오늘과 내일이 힘들어 모레는 글피를 잊은 걸까

현장에서 막일하는 목수 시인
다가올 글피는 나이를 센다
글피까지는 담배가 필요해
목수도 시인도 팔려나가지 않는다

내가 죽어 있구나
내가 죄가 많았어

오늘이 머쓱해져서
어제 지나간 사람들이 까칠해진다
그글피 멀어 다가올 일요일이 아플지 모르겠다

그저께 어제 오늘 來日 모레 글피
내 것이 아닌 내일을 싫어해
글피가 지나면

나는 우리 기와집과 시를 지을 테야

모래는 다 써버린 글피의 다짐
연기처럼 본래 없던 오늘이 살아남는 일

목장갑

현장에서 하루 쓰고 버리는 프리사이즈
미끄러지지 않으려 붉은 코팅으로 입혀졌을까
안쪽끼리 달라붙어 한 켤레가 된다
손이 작은 나는 너의 손끝에 닿지 않는다
끝이 뒤틀리는 건 너뿐만이 아니어서
어제 깎아놓은 나무에 서리가 앉아 있다

끝이 시린 혹한에 우리는 놓치지 말아야 한다
나한테만 유난히 긴 새끼손가락
망치 잡을 때 접힌 손도 내 손이다
어느새 편안하게 자리 잡는다

뻣뻣해서 접히지 않았던 것들이 부드러워질 때
허기는 저녁으로 함께 온다
장갑을 돌돌 말아 호주머니에 넣는다
검붉게 변한 너
늘어질 대로 늘어진 너와 나
오늘만큼 닮아 시들어버렸다
〉

집으로 돌아오는 길
낡은 주머니에서
동그랗게 말려 핀 동백꽃이 툭 떨어졌다

샐러리맨
—비누

내 몸이 줄어들고 있어요

줄어든 만큼 퉁퉁 붇기도 하지요
식물성 기름, 가성소다와 물이 합쳐져
모나지 않게 세상에 나왔지요
잠깐잠깐 물에 빠뜨리는 것은 괜찮지만
바닥에 던지면 뭉그러져버릴지 몰라요
하루 사용량은 정해져 있지 않아요

혹, 도망 못 가게 묶어놓는다 해도
며칠쯤은 견딜 거라 생각합니다
가끔 거품을 물더라도 놀라지 마세요
사용하는 데는 무리가 없을 겁니다

그렇다고 느닷없이
싹둑, 절반으로 잘라
사용하는 것은 정중히 사양합니다

4부

마른 나뭇가지, 너는 나무로 마지막 꽃이니

미륵

몸도 생각도 가팔라
저 멀리 정토淨土까지 가지 못하고
이곳에서 미륵은 돌사람이 되었다

천년 화두話頭를 들고 도반은
국사봉* 가는 길목에서 묵언 중일까

들어오는 길도 없고 나가는 길도 없다
이 자리가 아니라면 어디에도 해탈은 없다

비바람에 깎이고 닳아 눈도 코도 입도 다 문드러졌다

뼈만 남은 돌탑에 밤과 낮을 하나 더 올려놓고
갈 길 먼 내가 돌사람인 양 동쪽을 향해 우두커니로 서 있다

* 경기 안성 죽산에 있는 산

대나무

다듬을수록 죽창은 되지 말아야지
끝이 뾰족해지는 것은
올봄에도 살아 있다는 것이지
창문 앞에 있는 나무야
이 파란 싹들아
가끔 쉬어가는 마디여
새순이 두렵거든 아침을 노래하라
거침없는 젊음아
젊었으니 깃발을 꽂지 마라
빳빳해지는 찬바람에 휘어져도 좋으니
휘파람새를 부르자
밤이 짧거든
흩어져 홀로 서거라
화살이 되어도 웅대한 표적은 쌓지 말자
텅 빈 속내 읽혀도
구멍으로 숨지 않는 마디를 보아라
이제 외곬이라는 밑동이 잘려
반쪽을 줄지언정 구겨지지 말자

간벌

자르기 전 쓰다듬는 건 나무에 대한 예의다
아버지는 놀라지 않게 툭툭 두드린 다음 첫 날을 가져간다
쓰러질 자리 가늠하라고 한쪽에 미리 홈을 판다
톱이 잡아당긴 틈에서 생살이 쏟아지고
산속에 살던 온갖 짐승들은 숨을 죽인다
고통스러운 시간을 빨리 끝내주는 게 상책이다
어느 순간 우지직 뼈 부러지는 소리가 나면
당신을 무참히 가로지른다
쿵! 나무가 밑동과 이산離散할 때
이것은 버림이 아니라 트임이다
나이테 선은 왜 기운 쪽을 따라갈까
주름은 몸통을 움켜쥐고 터가 되어 있다
간격이 일정하게 침범하지 않는 것이 나무의 방식이다
용도를 생각하며 잔가지를 치는데
잘라낸 가지에서 갓난아기의 배꼽이 보인다
그는 그렇게 어릴 적 방향을 지탱하다가
흐르는 진액에서 숨겨온 아픔을 들킨다
아버지와 나이가 같다는 참죽나무

여기서 태어나고 여기서 아팠다고
새들은 여행자처럼 어둠에 끌려가지 않았다
매번 쓰다듬을 때마다
모로 누운 나무에 톱날이 미끄러져
껍질에 번진 모진 나이가 깎여나간다

부식腐蝕

녹슨 발목은 오늘을 풀면 위험하지
트럭 꽁무니가 결딴나버렸다
삭는다는 것은 시간으로 숨을 쉬는 것이다
부식은 자기도 모르게 오는 것인가
머리 위에 꽂아놨던 고지서 더미들이 떨어져
무릎 위에 널브러져 있다
초행길은 울퉁불퉁 등을 후려친다
차가 커브 길을 돌 때
눈알을 크게 뜬 가산금이 옆자리로 미끄러진다
요철 앞에 공중으로 떠오르다 떨어지는 순간
짐칸에 실은 공구함이 덜커덩 엎어진다
추락은 예나 지금이나 몹시 춥지
바퀴는 지나간 그림자를 찾다가 너덜거린 밑창이 살을
파고든다
내 눈동자는 푹 꺼지고
일터는 회전하는 바람 편에 서 있다
이 순간 말은 없어도 금가는 소리
서로의 얼굴은 서로를 닮아가고
발아래 먼지를 삼킨다

어!
안전벨트 줄이 늘어져 창문에 끼어 있다
꼬리를 잡은 맨살은 겁 없이 뼛속으로 달려가
턱 없이 입술을 깨무는 일

먹

갈면 갈수록 짙어지는 묵시默視
오로지 몸을 흔들어 색깔을 내본들 검은색이다
우린 아무 말 없이
움푹 파인 돌 속에서 옆구리를 파먹는다
무겁게 다치지 않게
물을 떨어뜨려 앙금 진 곳에
굳어가는 사이와 사이를 희석한다
검다 하여 모두 검은 것은 아니다
손끝에서 숨이 멎으면 여백이 움직인다
쉽게 풀리지 않는 붓끝의 유희와 고갯짓을 감수한다
주위를 둘러봐도 나는 어렵게 꺼내지는 고유명사
잠시 머뭇거리다가
의지할 곳 하나인 벼루에 달라붙어
끈덕진 객기나 써보는 일이다
먹은 문장의 절반이다
늘 삐딱하게 기울어진 바닥
내 몸이 닳은 만큼 한쪽 방향이다
뾰족한 붓 앞에서
서로의 죽음을 바라본다

씨앗의 재발견

신문지에 싸둔 씨앗들이 쏟아졌다
선명하게 찍힌 인쇄 날짜가 유일한 단서다
1983년 3월 15일
죽었을까 살았을까
아무렇게나 땅속에 던진다
물을 뿌리고 신문을 펼친다
만약 싹이 나오지 않는다면 난 또 감옥 하나 만든 거다
신문지엔 TV편성표만 남았다
아, 촌스러운 흑백의 나날
그때 나는 어떤 지면을 걷고 있었을까
정의롭다는 말은 아직도 유효한 거짓말인가
전원일기의 끝이 궁금할 뿐이다
땅의 모퉁이를 찢으며
씨앗들은 과연 꿈틀댈까 흩어질까
흙의 폐활량은 변함없이 넓다
심장 소리가 발아래서 흐른다

이중문

흔들림이 있을 때마다 슬그머니 열리는 문
돌아오고 떠나는 걸 아는지
충혈된 문고리는 인사말을 건넨다
안쪽은 아무도 모른다
밀려온 외풍에 문을 열지 못해
닫아야 하는 문과 여는 문이 오묘한 끈기를 요구한다
걸음을 옮기려는 사람은 질문이 눅눅하다
날카로운 이별이 문틈에 감겨
틈 사이로 보이는 진입로는 나타나지 않는다
스스로 열리고 닫히는 문엔 담장이 없다
먼 길 돌아 내 앞에 놓여 있다
그래, 그때처럼 손을 잡고 싶은데
바깥문에 갑자기 소낙비가 들이친다
어쩐 일이냐고
젖은 말이 창호지 문창살에 달라붙는다
경첩은 출구의 도구인가 입구의 자국인가
어울리지 않는 잠금 장치가 느슨해져
산중 마당을 휑하니 바라본다
두 개의 문은 서로의 출입을 보관하고 있다

톱

주변에 놓여 있는 것은 꽃과 잎이 사라진 후다
잇몸을 훤히 드러내도
함부로 모서리는 물어뜯지 않는다
나는 생김새가 엇결인데
잘려나간 부분은 수직과 수평이다
기계톱은 윤활유와 한 몸일 때 순하다
혼자 달래는 불화가 없다
나를 쓰려면 신출내기부터 대목수까지
허리부터 굽힌다
젖은 밥, 마른 밥, 못 먹는 밥이라도 켜면
푸짐한 밥으로 돌아온다
낭창낭창 휘어지는 내 유연성
사용설명서 하나 없이 밀고 당기는 사람들
빛을 보면 빛을 내는
나는 단순 구조

타일이 깨지는 방향

실핏줄이 뚫린 벽으로 빨려 들어가는 것은 불모지다

손은 날카로운 끝을 잡지 않아
방향을 따라 흩어지는 문양과 색깔을 쓸어 담는다
균열을 개의치 않는 모서리가 아픈 꽃을 피운다
이미 타일에서 벗어난 조각들은 손등을 후려친다

상처가 타일 쪽으로 달라붙을 때
사기그릇 같은 과거는 무릎에 실금 가는 소리를 듣는다
멀리서 나비의 날개가 자꾸 날리고 서서 먹는 밥에
가루가 내려앉는 동안
나의 거만한 기억은 터널 바닥을 끌고 다닌다
구석으로 몰린 나의 벽에 독설이 쏟아진다
환풍기에 쇄골이 빠져나가고 어둠이 스며든다

막바지를 먹여 살리는 현장 사람들

컹컹 짖는 먼지가 연일 벽을 긋고 어깨를 잡아당긴다
쪼개지는 방향은 순서가 없다

그래 그렇게
캄캄하게 빛나는 나의 입술은 나의 이름을 철거한다

턱

내 주위는 상처들이 난무하다
아문다는 것이 불쑥 솟아 방지 턱이 되었다
질주하는 바퀴는 나와 눈이 마주치고
너를 지키기 위해 바닥에 엎드려 있다
위험이 밟혀 생긴 앙금이다

덧칠한 색에 남는 후유증이 올라가는 도로에 선명하다
탄광촌에 새로 세워진 유원지 빛이 가득해
굴절된 빛은 턱을 일으킨다
비가 내려 움푹 파인 바닥은 검은 물이 고여
밤과 아침 사이를 서성이며 말라간다

삐거덕대는 거리
바퀴는 자신을 구르며 자신을 몰라서
나는 저항의 자세를 멈출 수 없다

살아나고 싶을 때 몸살은 찾아온다
죄 없는 수백 개의 언어가 가시로 박혀
매일 조금씩 잃어버리는 길

무너지지 않으려고 다시 쌓는 턱

아궁이 앞에 모인 풍문

일찍 뜬 달이 지붕 위에 앉아 있다
사람들은 눅눅한 방고래를 탄다
삭정이는 할 일을 다하고 앙상해진 가지들이 타다닥
가랑이 앞에서 몸서리를 친다
아궁이와 사람의 거리에서 떠나버린 목련꽃의 변명을 듣는다
당신이 가지고 있는 불꽃처럼 한쪽이 녹아 흔들리는 걸까
벽에 새겨진 매캐한 그을림이 처마 끝으로 번진다

아궁이는 숲이 모이는 언어들의 협곡이다
한 여자가 스마트폰으로 불길을 전송한다
불꽃이 치마를 핥는다
불은 품고 있는 자의 몫
손과 발이 가까워지는 것은 솥에서 흘러나오는 오래된 눈물
도시의 아파트가 자꾸 은밀한 쪽으로 휘어진다

발원지를 알 수 없는 북서풍이 지나가는 사이
우린 우리가 아닌 입구에서 비좁다

겹겹이 묻어난 검은 발자국이 울컥하는 순간
얼마나 뜨거워야 지워지는가
잘게 부서지는 목 없는 나무, 어둠에 묻히는 분신이다
당신의 입구 나의 입구
식어가는 쪽으로 달빛이 사라진다

오만 앞에 비틀거리는 변명들

우쭐한 발자국은 한곳에 있기를 싫어한다
나는 계단을 돌아가지 않기로 했어
오만은 우리가 만든 곡선을 직선으로 고쳐놓았지
중요한 건 만들어놓은 길이 외길이라고 믿는 거야

죽은 나무를 베는 일은 벌레가 들어 있는 줄 몰라서
텅 비어 썩어가는 거야
흙과 흙이 뭉치는 데 물이면 충분해
스스로 다져지는 거야
나무들을 봐 나뭇잎이 붉어진다고 가지를 꺾진 않지
몸이 사그러들면 그뿐이지

오만한 자는 오만을 모르는 단순한 데서 시작된 거야
너와 나의 문장은 남을 설득하려 뒷말이 무성해
풀을 헤아린다는 낫이
돌멩이 하나에 이가 빠지는 일은 곧잘 잊어버리지
나는 시인보다 목수 쪽에 가까운가봐
쓸 만큼의 칼을 갈아놓거든
〉

이 순간 쿵쾅거리는 우리의 발자국은

수없이 흘러들어와 흘러나가는 오만으로 사라질 거야

살얼음 앞에

연못의 겨울은 가장자리부터 오는 것인지
그 이유를 아무도 묻지 않는다
낙오된 이름들이 뒤집혔다 미끄러진다
바람이 없다면 낙엽이 뛰어들 수 있을까

굳어가는 것을 알면서도
날짜를 세어보는 행보들이 포개진다
속이 다 들여다보이는 사람들의 눈
뻔뻔하게 얼어 있다

소박한 나뭇가지
그것도 발자국이라고

더 이상 움직이지 않을 때 모서리들이 얽혀 있다
마음껏 풀어져
흘러 넘어지다 일어서는
내가 가진 가장자리는 아슬아슬하다

나는

조그만 돌을 맞아도 금이 갔지
소리마저 올려놓을 수 없는 얇은 몸
우리는 사라질까
얼마 남지 않았어

차가워진 저녁
양팔 벌린 손목에 힘이 들어가
바깥은 안을 모르지
1에서 0으로
물의 껍질 다시 생기는 그때까지

줄자

감겨 있는 내 길이를 푼다
사람들은 나무에 생각을 걸어놓고
재는 거리를 끌어당길 때마다
치수의 기분은 줄어들지 않는다
길이가 길수록 휘어지는 나를 의심하는 일은
만들어놓은 크기에 내가 감기는 이유일까

누굴 위해 한 번도 구부러진 적 없지만
나를 꺼내보는 계산법은
양날이 날카로워 스치는 곳마다 생각을 베어내
나무의 나이를 묻는 건
아직 마르지 않는 기둥의 무늬 때문
손에 잡힌 끝은 허리를 놓지 않고
여러 번 당겨보는 나무엔 눈금이 없다

오랜만에 잡힌 나의 머리끝
손에 익지 않아 놓친다
몸을 비틀어 토라지는 되감기가 발목을 스칠 때
뿌리 쪽의 옹이가 뒤집혀 하늘을 본다

이쪽은 뿌리가 아니라는 노목수의 말이
나무에 박힌다
다시 길이가 자란다

종이의 나이 2

장롱 밑에 깔린 신문지에 날짜가 선명하다
좀벌레가 먹은 귀퉁이가 손에서 흐트러진다
구멍을 뚫고 기어 나오는 소리와 구멍에 가라앉은 소리가
아픔으로 갈라진다

수없이 구겨지고 접혔던 활자들이 쏟아져
언어의 뒷면은 아직도 어둠을 깔고 유효한가
설명할 수 없는 종이의 나이가 거미줄에 걸려 있다
그렇게 미뤄둔 종이는 내 이별의
깨알 같은 감정을 알까

지나온 지면은 소국 냄새가 엿보였고
이미 어른이 된 종이는 바보처럼 살아도 되겠다는
함구가 내비친다

분간 없는 일로 장롱은 채워졌다
강하지 못한 내가 특종을 읽어내던 모습이
서랍 속 움트지 않는 씨앗처럼 말라 있다
뒷장을 넘기기도 전에

촌스러운 광고 문구가 종이의 나이를 짐작하게 할 뿐이다
열 번의 무게로 가을이 접힌 채로

휘파람새 울 때면

자두꽃 기다리는
당신의 얼굴을 보았습니다
풍경 소리 심하게 들리면
비가 내린다더니
휘파람새만 찾아와 새벽잠을 깨우고
한 곳의 걸음으로 사신 당신
벌써 처마 밑에 덤불 한 짐을
쌓아놓으셨습니다

그 많던 꽃잎은 다 떨어지고
열매를 기다리지만
난 당신의 까만 등을 보았습니다
쇠스랑과 괭이를 버리지 못했습니다
멍석도 그대로 있습니다
넘어가는 언덕에 나무의자 하나 더
만들어놓겠습니다

반달은 커져 5월의 보름 다가오던 날
떡갈나무 잎 문득 넓어지고

휘파람새 울음 높게 들려오면

오늘 자두나무 한 그루 심고 갑니다

세상에서 가장 긴 시

어. 머. 니.

해설

나무의 시

— 조경선의 시세계

장석주(시인·문학평론가)

조경선의 시는 생활 서정시로 읽힌다. 생활이 삶의 기초적 토대 위에서 이루어지는 잡다한 활동을 포괄하는 그 무엇이라면 조경선이 구하는 시의 아이디어와 착상은 생활과 멀지 않은 곳에서 온다. 생활의 세계는 도덕과 진리의 영역이 아니라 먹고, 자고, 노래하고, 기도하고, 사랑하는 구체적 삶의 영역이다. 생활의 세계는 생의 합목적성 안에서 이루어지는 노동의 영역이고, 비가 오거나 바람이 불거나와 같은 나날의 날씨에 몸과 기분이 민감하게 반응하는 기후의 영역이며, 의미의 충만이 아니라 그보다 뜻

없는 어슬렁거림과 빈둥거림 같은 평범한 습관의 영역이고, 시(時)·날·주(週)·계절·해[年]로 이어지는 시간이 순환하는 영역이다. 그것은 일과 잠, 직업과 피로, 계약과 파기, 시시각각 변하는 기분과 히스테리, 복잡하게 얽힌 인간관계의 기반이다. 그것은 비범하거나 강렬하지 않다. 차라리 밋밋하고 반복적인 습관의 연쇄로 이루어진다. 우리는 이 생활의 세계에서 평범하게 태어나 살다가 죽는다. 조경선의 시적 감성은 생활의 구체적 영역에서 불꽃처럼 환하게 솟구쳐 오른다.

우편으로 배달된 시집을 옆집 개가 물어뜯고 있다
제목은 찢겨져나갔고
누가 보냈는지 알 수 없다
시 제목이 반쯤 남아 땅 위에 너덜거린다

한 끼에 9,000원짜리 독상

침 흘리고 먹다 버린 첫 장 시인의 말이
마당에 흩어져 있다
귀퉁이 구겨진 시인의 얼굴은 웃는다
시집을 먹어치운 개가 맛을 아는지
양지바른 마당에 앉아 꼬리를 흔든다

배불리 먹었을까

씹어 넘기다가 맛있는 부위만 골라 핥았을까
유명한 견이니
겉장만 보고 가려서 맛보았겠지
간신히 찾아낸 이름 한 글자와 제목이
대문 앞에 적멸로 앉아 있었다
—「개가 물어뜯은 시집」 전문

시집의 표제로 삼은 이 시는 생활 속에서 널린 아이러니의 한 가닥을 보여준다. 이 시가 진술하는 것은 개가 우편으로 배달된 시집을 물어뜯은 우연한 사고다. 개는 왜 하필 시집을 물어뜯었을까? 개에게 시집은 먹을 수도 없고, 아무 쓸데가 없는 사물이다. 그렇다고 개가 시집을 혐오한다고 비약할 수는 없다. 개가 물어뜯은 탓에 표지는 나달거리고, 내용은 읽어낼 수가 없다. 시인은 그 낭패한 사고 현장의 증인으로 소환되었다. '개'와 '시집'은 당위적 조합이 되지 않는 기호들이다. 시집을 두고 개와 시인의 시각 차이에서 아이러니가 나타난다. 시집은 시인의 감각과 인식의 집적물이자 상상력이 빚은 우주라고 할 수도 있겠지만 문맹인 개에게는 그저 물어뜯기 좋은 하찮은 장

난감일 뿐이다. "시집을 먹어치운 개가 맛을 아는지 / 양지바른 마당에 앉아 꼬리를 흔든다"라는 구절에서 그 아이러니는 돌출한다. 제가 어떤 일을 저질렀는지 모른 채 꼬리를 흔드는 개를 두고 딱히 개의 무지와 어리석음을 꼬집는다고 말할 수는 없다. 하지만 의도되지 않은 숨은 의도가 없지는 않다. 시집이 정신적 성과물이 아니라 현실적 쓸모가 없는 하찮은 것에 지나지 않는다는 풍자이거나, 혹은 시집의 가치를 모르거나 인정하지 않는 대중의 무지몽매함에 대한 풍자라는 의도로 읽어낼 수도 있을 테다. 개가 함부로 물어뜯은 시집이란 오늘날 시가 처한 문화의 변방으로 자꾸 밀려나는 저 난처한 위상에 대한 풍자가 아니었을까?

조경선의 시적 상상력은 조금 더 깊이 들어가면 주로 나무를 다루는 그의 노동과 깊이 관련된다. 시인은 나무를 자르고, 깎고, 다듬고, 표면을 매끄럽게 문질러 다른 무엇으로 변형한다. 시인은 나무의 속 깊은 울음소리를 듣고, 그는 나무를 어루만지고, 자르고, 다른 무엇으로 변형하는 일에 몰두한다. 이번 시집의 많은 시편들이 나무들을 내세우는데, 아마도 시인이 나무의 쓸모와 아름다움에 매혹되어 그것에 마음을 빼앗긴 탓으로 짐작된다. 그의 시적 상상력이 생기와 약동을 얻는 것은 나무와 상관될 때라는 것은 분명한 사실이다. 시인이 나무를 가까이

할 때 놀라움과 기쁨은 커진다. 나무는 노동의 재료이자 생의 경전일 뿐만 아니라 충분히 자족적인 세계의 표상이다. 시인은 자신을 “나는 지상에서 나무 깎는 노인”(「각刻」), “현장에서 막일하는 목수 시인”(「글피」)으로 규정한다. 개인적 꿈과 사회적 의무 사이에서 진자운동을 하는 생활의 영역은 나무를 기반으로 하는 직업의 세계에 기대어 있다. “깎아내면 깎아낼수록 / 이빨을 드러내는 것이 나무의 본색本色”, “나무속을 파내는 일이란 불편을 깎아내는 일”(「각刻」), “남겨진 우듬지가 나를 끌어당기고 / 딱딱하고 묵묵한 날개가 / 떠나지 못한 채 나이테 위에서 서성인다”(「통증」), “옹이는 상처가 아니라 / 나무의 혈이다”(「칠 일째 칼날」), “자르기 전 쓰다듬는 건 나무에 대한 예의다”, “나이테 선은 왜 기운 쪽을 따라갈까”(「간벌」) 같은 구절은 나무의 생장과 생태, 쓰임과 성질에 대해 능통하고, 나무를 다룬 경험이 많지 않다면 쓸 수가 없었을 테다.

나무는 미학의 대상물이고, 지구의 시간 기록자이며, 지하 세계와 대지와 천상계를 연결하는 경이로운 현존이자 그 자체로 한 편의 아름다운 시다. 다양한 토양과 기후 속에서 자라는 나무가 없었다면 인류의 번영도 없었을 것이다. 그만큼 나무와 인류는 오랜 세월 동안 긴밀하게 연결되어 있었다. 고대 신화에서 나무는 지하와 대지와 하늘을 잇고 떠받드는 우주목이다. "우주의 축인 그 나무는 삼세계를 가로지르고 있었는데, 뿌리는 지하 깊숙이 박혀 있었고, 가지들은 천상에 닿아 있었다. 땅속에서 길어 올려진 물은 수액이 되고, 태양은 잎과 꽃 그리고 열매를 생각나게 하였다."[1] 인류는 나무에서 생존에 필요한 양식과 은신처를 구하고, 불을 피우고 집을 짓는 재료를 구했다. "다시 태어나기 위해서 주기적으로 옷을 벗는 나무는 옛 사람들에게는 땅과 물과 태양이 끊임없이 다시 태어나게 하는, 살아 있는 우주가 베푸는 무궁한 생명을 상징했다."[2] 신화의 틀에서 보자면 나무는 "우주가 베푸는 무궁한 생명"의 상징이고, 더 나아가 "인간의 '척추'이며, 세계의 중심인 성전을 떠받드는 기둥"이다.[3] 인류가 생물학적 생존을 이어가는 데 나무에게만큼 크게 빚진 게 있을까! 오래되고 크게 성장한 거목들은 종종 신성한 존재로 토템의 대상이 되었다. 어디 그뿐인가! 싯다르타는 보리수 아래서 깨달음을 얻고, 예수는 올리브산에서 종려나무 가지가 흩뿌려진 길을 따라가 어느 뜰에서 로마 군인들에게 체포되어 나무에 매달려 사형되었다.

---

1) 자크 브로스, 『나무의 신화』(주향은 옮김, 이학사, 1998, 13쪽)

2) 조르쥬 나타프, 『상징·기호·표지』(김정란 옮김, 열화당, 92쪽)

3) 조르쥬 나타프, 앞의 책, 94쪽.

나무들은 우뚝 나무로만 서서 한 생을 탕진하는데
우듬지만이 까마득하다
둥지 잃은 새들이 잘린 그루터기에 맴돌아도
나무가 나에게 걸어오는 시간 따윈 묻지 않는다
저 깊숙한 울음까지 새길 수 있을까
환지통을 참으며 나무가 말라갈 때
바람이 무딘 손금을 부추긴다

나무가 모르는 방향에서 칼을 고른다
첫 날刀은 표피만 살짝 건드려야 한다
작은 숨소리만 들려도 칼을 뱉어내니
이겨내선 안 된다
무중력 상태까지 나를 놓치며 결을 따라 흘러야 한다
깎아내면 깎아낼수록
이빨을 드러내는 것이 나무의 본색本色
그때 나무가 칼을 선택한다
살을 내주며 나무가 나를 길들인다
모르는 형상形象 안에 칼은 갇히고
끝내 어떤 대답도 듣지 못한다
나무의 얼굴을 꺼내며 없는 봄을 탕진한다
—「각刻」 부분

각(刻)을 하는 작업을 소재로 하는 이 시는 "나무들은 우뚝 나무로만 서서 한 생을 탕진하는" 나무의 생태에서 시작해 나무에 대한 사유를 펼쳐간다. '나'는 나무에 칼을 대는데, 내가 칼을 선택하는 게 아니라 "나무가 칼을 선택한다"라고 말한다. 그것은 "살을 내주며 나무가 나를 길들"이는 "나무의 본색本色" 때문이다. 각의 어려움은 "(나무가 제 안에 숨긴) 모르는 형상形象 안에 (시인의) 칼은 갇히고" 마는 데서 비롯한다.

나무에게서 시적 상징을 끌어내는 조경선의 시는 나무와 오랜 교감이 낳은 자연스러운 결과일 테다. 그의 시에 유독 나무와 관련된 옹이, 나이테, 그루터기, 우듬지, 진액, 솟대, 서까래, 쐐기… 같은 어휘가 등장하는 빈도가 높은 게 그 증거다. 그에게 나무는 단순한 작업의 재료가 아니다. 그는 나무를 다루되 나무와의 교감을 중요시한다. 그래서 "나무가 나에게 걸어오는 시간"이 필요하고, "(나무의) 저 깊숙한 울음까지 새길 수 있을까"를 고심하는 것이다. 나무와 인류는 동떨어진 채 살아온 게 아니다. 나무와 인간은 오랜 세월 동안 생명 공동체라는 장 안에서 생태적·진화적으로 얽혀 있다. 그런 맥락에서 "나무들의 삶과 과거와 미래, 우리의 삶과 과거와 미래는 서로 얽혀 있다. 어떤 얽힘은 생명 자체만큼 오래"되었다고 할 수 있다.[4] "나무는 공기의 잔떨림을 들이마시고 진정시켜 목질부 안에 '가미'처럼 간직한다. 해마다 생장선이 전해의 생장선을 감싸며 대기의 정확한 분자적 흔적— 나무에 담긴 기억 —을 층층의 내장에 붙들어둔다."[5] 어떤 나무는 수백 년, 혹은 수천 년을 산다. 그런 나무들은 이 지구에 인간에 앞서 대지에 뿌리를 박고 자연의 위대한 리듬을 체화한 성스러운 존재다.

엄동 때나 설한 때나 나무 아래 바위는 내달리지 않는다
줄기를 잘라내면 그곳의 전언이 나에게 스밀 것이다

불패의 봄을 예감하며 솟대가 되는 이것은 새의 율법
뿌리에 들어가고 싶어도 들어갈 수 없는 새가 나뭇가지 위에 와서 운다

악착같이 밤이 밀려온다 어둠이 끝끝내 나에게 소홀해도 나는 어둠에게 소홀할 수 없다
내가 잠든 사이에도 나무는 자라서 사랑하고 이별하고 흔들리겠지

눈의 무게를 못 이겨 우지직 우지직 가지 꺾이는 소리 유난히 크

---

4) 데이비드 조지 헤스컬, 『나무의 노래』(노승영 옮김, 에이도스, 2018, 9쪽)

5) 데이비드 조지 헤스컬, 앞의 책, 322쪽.

게 들린다
달아날 수 없어 팔다리를 버린 것이다

통증이 온전히 나무의 몫으로만 남아 시린 바람을 견딘다
뿌리까지 뚝뚝 부러진 그리움이 내 안에 쌓여 앙상한 고사枯死가 된다

봄이 되면 어김없이 죽지 않고 살아남은 벌레가 꿈틀댄다
벌레는 마지막 폐허이자 최초의 태동이다

새를 흉내 내던 내 생각이 먼 곳을 탐할 때
나무를 잘라 새의 형상을 꺼낸다

수만 평의 허공이 모두 새의 집이다
무작정 당신의 방향으로 내 안에 솟대를 놓아준다
—「솟대」 전문

조경선의 상상 세계에서 나무는 "자라서 사랑하고 이별하고 흔들리"는 존재다. 나무를 하나의 생령으로 바라본 것이다. 물론 나무를 살아 있는 유기체로서 의인화한 예는 조경선이 처음은 아니다. 시인은 나무에 귀를 기울인다. 그것은 왜일까? 나무의 전언을 듣기 위해서다. 시인

은 "(나무의) 줄기를 잘라내면 그곳의 전언이 나에게 스밀 것"이라고 쓴다. 더 나아가 "자연의 위대한 연결망인 나무에 귀를 기울이는 것은 관계 속에, 근원과 재료와 아름다움을 생명에 부여하는 관계 속에 깃드는 법을 배우는 것"이다.[6] 나무는 자연이라는 거대한 생명 공동체의 위대한 연결망이다. 인간은 나무의 신화와 역사 속에서, 나무가 빚어내는 자연의 질서 속에서 그 연결망의 일부에 속한다. 솟대는 나무가 새로 변신한 경우다. 물론 나무를 깎고 다듬어 만든 새는 날지 못한 채 허공에 붙박이로 고정되어 있을 뿐이다. "새를 흉내 내던 내 생각이 먼 곳을 탐할 때 / 나무를 잘라 새의 형상을 꺼낸다"라는 구절에 따르면 솟대는 나무에 숨은 새의 형상을 꺼내준 것이다. 나무를 깎아 솟대를 만들어 세우고, 바람이 스치는 소리를 듣는다. 솟대의 울음은 제 본향을 잃은 나무의 울음이다. 아마도 "뿌리에 들어가고 싶어도 들어갈 수 없는 새가 나뭇가지 위에 와서 운다"라는 구절은 그런 생각의 맥락에서 나온 것이리라.

전동 드릴로 나무 구멍을 내는데
덜 마른 소나무가 안간힘을 쓴다
내 손이 드릴 방향으로 감긴다

6) 데이비드 조지 헤스컬, 앞의 책, 10쪽.

설익은 것은 객기를 부리는 법
구멍 하나 내는데 몸부림을 친다

숫대를 만들다 말고 쇄도하는 곳에서 잠시 멈춘다
손이 비틀려 지탱하다가 숫대 머리는 휙 돌아
정강이를 건드린다
빨려 들어간 나는 나무와 놀다 나무에 갇혔다

처음 보는 나무의 진물
당신은 살기 위해 스멀스멀 쓴 물을 삼킨다
소나무 새는 숲으로 가지 못해 소리조차 없다

돌아가라고 있는 기억이 움푹 파일 때
나는 잡는 사람인지 뚫는 사람인지
블랙홀이 부르는 소란에 맥없이 빠져든다
서로에게 갈기갈기 몸을 찢고야 멈춘다
숫대는 세우지 못하고 멍하니 나를 세워본다
—「나무의 블랙홀」 전문

「나무의 블랙홀」은 나무로 작업하는 과정을 다루면서 나무를 다루는 일의 지난함에 대해 증언한다. 전동 드릴로 덜 마른 소나무에 구멍을 뚫는데, 소나무의 저항이 만

만치 않다. 나무가 늘 사람의 손길에 고분고분한 것만은 아니다. 소나무는 안간힘을 쓰고, '나'는 몸부림을 친다. "설익은 것은 객기를 부리는 법 / 구멍 하나 내는데 몸부림을 친다"라는 구절은 나무가 제 몸을 뚫고 들어오는 외부의 공격에 저항하는 모습을 보여준다. 시인은 나무를 깎고 다듬는 제 일을 나무와 노는 것이라고 말한다. 그래서 종종 "나무와 놀다 나무에 갇혔다". 그렇다면 이 시에서 말하는 나무의 블랙홀이란 무엇인가? 나무는 제 영역을 침범하는 인공의 손을 거부한다. "처음 보는 나무의 진물"은 동물이 흘리는 피의 등가물이다. 전동 드릴로 소나무에 구멍을 뚫다가 '나'는 기진한다. "블랙홀이 부르는 소란에 맥없이 빠져든" 탓이다. 시인은 나무와 싸우다가 나무의 블랙홀에 빠진다. 그 싸움이 얼마나 뜨거웠는지는 "서로에게 갈기갈기 몸을 찢고야 멈춘다"라는 구절이 암시한다.

자르기 전 쓰다듬는 건 나무에 대한 예의다
아버지는 놀라지 않게 툭툭 두드린 다음 첫 날을 가져간다
쓰러질 자리 가늠하라고 한쪽에 미리 홈을 판다
톱이 잡아당긴 틈에서 생살이 쏟아지고
산속에 살던 온갖 짐승들은 숨을 죽인다
고통스러운 시간을 빨리 끝내주는 게 상책이다

어느 순간 우지직 뼈 부러지는 소리가 나면
당신을 무참히 가로지른다
쿵! 나무가 밑동과 이산離散할 때
이것은 버림이 아니라 트임이다
나이테 선은 왜 기운 쪽을 따라갈까
주름은 몸통을 움켜쥐고 터가 되어 있다
간격이 일정하게 침범하지 않는 것이 나무의 방식이다
용도를 생각하며 잔가지를 치는데
잘라낸 가지에서 갓난아기의 배꼽이 보인다
그는 그렇게 어릴 적 방향을 지탱하다가
흐르는 진액에서 숨겨온 아픔을 들킨다
아버지와 나이가 같다는 참죽나무
여기서 태어나고 여기서 아팠다고
새들은 여행자처럼 어둠에 끌려가지 않았다
매번 쓰다듬을 때마다
모로 누운 나무에 톱날이 미끄러져
껍질에 번진 모진 나이가 깎여나간다
—「간벌」 전문

「간벌」은 나무를 자른 경험이 낳은 시다. “자르기 전 쓰다듬는 건 나무에 대한 예의다”라는 첫 구절에 주목한다. 나무가 자연의 위대한 리듬에 따르는 존재이고, 예측하기

어려운 기후 변화에 강인하게 맞서며 제 생존을 잇는 옹골찬 생명체라고 여긴다면 나무에 대한 예의는 어쩌면 당연하다고 할 수 있겠다. 나무에게 예의를 차리는 것에서 나무를 무정물이 아니라 생령이 깃든 존재로 예우하는 것이다. 이것은 오만한 인간중심주의를 넘어선 생태학적 윤리를 엿보게 한다. 이것은 자크 브로스가 "나무는 인간의 의식을 포착할 수 있는 길이요, 우주에 생기를 부여하는 생명의 통로"라고 말한 태도와 이어진다. 사람의 혈관에 혈액이 돌 듯이 나무의 수관에는 수액이 흐른다. 나무의 삶은 동물의 그것과 견줘 매우 길다. 아울러 나무의 삶은 겉으로 드러나지 않기에 내면적이고 비밀스럽다. 나무는 한 자리에 붙박이로 서서 침묵의 한 생애를 보낸다. 그게 나무의 숙명이다. 수령(樹齡)이 많은 나무를 자를 때는 그 나름의 방식이 있다. 시인은 "쓰러질 자리 가늠하라고 한쪽에 미리 홈을 판다"라고 말한다. 시인은 제 필요에 의해 나무를 자르지만 그 절단으로 말미암은 "고통스러운 시간을 빨리 끝내주는 게 상책"이라고 생각한다. 이런 발상은 나무가 고통을 감각하는 생령이라는 의식이 전제되지 않는다면 쉬이 떠오르지 않았을 테다. 시인은 나무를 앞에 두고 "용도를 생각하며 잔가지를 치"고, "흐르는 진액에서 (나무의) 숨겨온 아픔"을 읽는다. 시인은 무의식에서 나무와 제가 공감각적으로 연루되어 있다고 생각한다.

우리 시문학사 안에는 무수히 많은 나무들이 등장한다. 백석의 "갈매나무", 이상의 "꽃나무", 정현종의 "나무들", 김지하의 "속 꽃 핀 나무", 이성복의 "호랑가시나무", 김혜순의 "여름 나무", 황지우의 "겨울-나무", 배한봉의 "나무 성자"…. 나무 시인의 목록에 나무의 수사학으로 시집 한 권을 채운 조경선의 이름을 하나 더 올려도 좋으리라.

내 나이를 알려면 옆에 있는 나무를 보면 안다
—「겨울 숲」 부분

큰 나무 위에 새가 검은 점 하나 올려놓을 때
나는 내 앞에서 더 뚜렷해진다
—「처서로 가는 길」 부분

나무는 제 모습을 비춰보는 거울의 표상이다. 이 수동성의 존재는 항상 성장하는 나무-거울이다. 윤동주가 「참회록」에서 썼듯이 제 자아를 비춰보는 구리거울이 있었다면, 조경선의 구리거울은 바로 나무-거울이다. 시인은 나무를 통해 제 표면적 행위와 말의 삶 이면에 숨은 윤리적 현존을 비춰본다. 조경선의 시는 나무의 생태적 가치보다는 나무라는 항일성 현존의 형상과 그 내적 본성에 더 가까이 다가가 그것을 시적 질료로 삼는다. 그는 제 시각과 촉각을 매개로 나무를 깎고 다듬은 사이 나무의 비밀스럽고 내면적인 세계와의 접속을 이루고 범속한 트임에 도달한 것으로 보인다. 나무의 삶은 거의 내적 침묵으로 이루어진다. 나무의 삶이 도달한 장엄함은 곧 깊은 침묵의 장엄함이다. 그런 까닭에 나무의 수사학은 침묵의 수사학이다. 조경선의 시가 낳은 나무의 수사학은 생태시가 아니라 범속한 트임의 시로 읽어야 할 것이다. 그는 왜 나무를 노래했을까? 그에게 나무가 가장 친숙한 대상이다. 나무와 인간은 생태 공동체 안에서 하나다. 활엽의 나무는 가지에 매달린 나뭇잎을 언제 떨구고 겨울을 맞아야 할지를 안다. 나무는 뛰어난 기억력을 갖고 있는 것으로 알려져 있다. "식물의 기억은 세대를 이어 계승"되고, "뿌리와 잔가지는 빛, 중력, 열, 무기물을 기억한다."[7] 나무는 살아 있는 제 기억을 말 없는 말로 시인에게 건넨다. 조경선은 상상력으로 그 나무의 전언을, 나무의 노래를 인류 종족의 기억인 듯 받아 적는다.

7) 데이비드 조지 해스컬, 앞의 책, 56쪽.

달아실시선 38

개가 물어뜯은 시집

1판 1쇄 발행	2021년 4월 30일
1판 3쇄 발행	2024년 4월 30일
지은이	조경선
발행인	윤미소
발행처	(주)달아실출판사
책임편집	박제영
편집위원	김선순, 이나래
디자인	전부다
기획위원	박정대, 이홍섭, 전윤호
법률자문	김용진, 이종진
주소	강원도 춘천시 춘천로 257, 2층
전화	033-241-7661
팩스	033-241-7662
이메일	dalasilmoongo@naver.com
출판등록	2016년 12월 30일 제494호

ⓒ 조경선, 2021

ISBN 979-11-88710-98-0 03810

이 책의 판권은 지은이와 (주)달아실출판사에 있습니다. 양측의 동의 없는 무단 전재 및 복제를 금합니다.

* 잘못된 책은 구입한 곳에서 바꿔드립니다.
* 책값은 뒤표지에 표시되어 있습니다.